MI VISITA A LOS DINOSAURIOS

para Marilyn Kriney

Título de la edición original: MY VISIT TO THE DINOSAURS
© 1969, 1985 by Aliki Brandenberg
Publicado por acuerdo con HarperCollins Publishers, Inc..
© de la traducción española:
EDITORIAL JUVENTUD, S. A.
Provença, 101 - 08029 Barcelona
info@editorialjuventud.es
www.editorialjuventud.es
Traducción: Herminia Dauer
Cuarta edición, 2005
ISBN: 84-261-2755-X
Depósito legal: B.31.136-2005
Núm. de edición de E. J.: 10.607
Impreso en España - Printed in Spain
Offset Derra, c/. Llull, 41 - Barcelona

MI VISITA A LOS DINOSAURIOS

ALIKI

Editorial Juventud

Ayer fui a ver los dinosaurios.
Iba con mi padre y mi hermanita.
Entramos en una sala, doblamos una esquina y...
¡allí estaban!
Grandes esqueletos. Verdaderos esqueletos de dinosaurios.
La sala donde estaban era más grande que una casa.
Uno de los esqueletos era casi tan largo como toda la sala.
Daba miedo.

Papá dijo que no nos asustáramos,
porque los dinosaurios vivieron hace millones de años.
Hoy día ya no existen.

SALA DE
DINOSAURIOS
DEL JURÁSICO

SE RUEGA
SILENCIO

5

Yo saqué una foto del enorme dinosaurio llamado APATOSAURIO.
Luego me acerqué más a él.
El esqueleto estaba sujeto con alambres.
Unos fuertes soportes lo aguantaban.
Descubrí que algunos de los huesos no eran de verdad,
sino de yeso.
¡Qué trabajo debió de ser montar semejante rompecabezas!
¿Cómo podían saber dónde iba cada una de las piezas?

Cuando los dinosaurios morían, se iban cubriendo de arena y barro.
Permanecieron enterrados durante millones de años.
La arena y el barro se petrificaron, y los huesos de los dinosaurios
se convirtieron en fósiles.

El primer fósil de dinosaurio apareció en 1822.
Fue hallado por casualidad. Pero después, muchos excavadores
comenzaron a buscar fósiles en zonas rocosas.
Resulta muy trabajoso extraer fósiles del suelo.
Con frecuencia están incrustados en la sólida roca.

Los excavadores encontraron huesos fósiles de dinosaurio.
Descubrieron huevos fósiles, que los dinosaurios
habían puesto en hoyos arenosos.

Cría PROTOCERATOPS

Incluso hallaron crías de dinosaurio fósiles.

Los paleontólogos estudiaron detenidamente los fósiles.
Un paleontólogo es un científico que estudia los animales
y las plantas del pasado. Los paleontólogos saben
cuándo y dónde vivieron los dinosaurios.
Saben, también, lo que comía la mayoría de los dinosaurios.

ALOSAURIO
CARNÍVORO

CORITOSAURIO
(DINOSAURIO DE PICO DE PATO)

HERBÍVORO

ESTIRACOSAURIO
(DINOSAURIO CORNUDO)

HERBÍVORO

ANQUILOSAURIO
(DINOSAURIO ACORAZADO)

HERBÍVORO

ESTEGOSAURIO
(DINOSAURIO DE PLACAS)

HERBÍVORO

Algunos dinosaurios comían carne. Eran carnívoros.
Pero la mayoría comía plantas. Eran herbívoros.

El APATOSAURIO era un herbívoro gigantesco.
Cuando vivía, tenía este aspecto.
Los ojos y las ventanas de la nariz del *apatosaurio*
estaban en la parte alta de su achatada cabeza.
Este animal podía introducirse en aguas profundas
y, sin embargo, respirar.

13

El BRAQUIOSAURIO fue el dinosaurio más pesado de todos.
Hay quien dice que pesaba más de 45.000 kilos.
El *braquiosaurio* tenía un agujero para respirar
en lo alto de la cabeza.
Pasaba gran parte de su tiempo en pantanos,
comiendo toneladas de plantas blandas y esponjosas.
Sin embargo, ponía sus huevos en tierra firme.

El DIPLODOCUS fue el dinosaurio más largo de todos.
Medía unos 27 metros desde la diminuta cabeza
hasta la punta de la cola.
Tenía la boca pequeña y muy pocos dientes.
El *diplodocus* necesitaba comer casi sin descanso
para llenar su enorme cuerpo.

El IGUANODÓN era un herbívoro de menor tamaño.
Generalmente andaba sobre dos patas.
Tenía los pulgares puntiagudos y una poderosa cola
para golpear a sus enemigos.
El *iguanodón* poseía centenares de dientes planos.
Cuando un diente se gastaba,
le nacía otro en su lugar.

El ANATOSAURIO era un dinosaurio de pico de pato,
muy buen nadador.
Una membrana unía sus dedos en las patas delanteras,
y su «pico» parecía el de un pato.
Tenía más de mil dientes para masticar y triturar el alimento.

El ALOSAURIO era carnívoro.

Los dinosaurios carnívoros eran cazadores rápidos y fieros.

El *alosaurio* corría sobre dos robustas patas.

Tenía peligrosas garras y largos dientes puntiagudos.

Devoraba a todos los dinosaurios que encontraba.

Ni siquiera temía atacar a uno que le doblara en tamaño.

Mi padre, mi hermanita y yo pasamos a otra sala
para ver más esqueletos.
Había tantos, que tuvimos que darnos prisa.

SALA DE
DINOSAURI
DEL CRETÁC

CORITOSAURIO
PICO DE PATO

TRICERÁTOPS
DINOSAURIO CORNUDO

El ORNITOLESTES era pequeño pero feroz.
Su agilidad le permitía atrapar pájaros.

El ORNITOMIMUS carecía totalmente de dientes.
Pudo alimentarse de huevos de otros dinosaurios,
frutas e insectos.

El ANQUILOSAURIO era un dinosaurio acorazado.
Vivía en tierra y comía plantas.
Estaba muy protegido contra los animales carnívoros.
¿Quién iba a hincarle el diente a su gruesa y dura piel,
cubierta con una armadura de hueso?

Vimos un ESTEGOSAURIO, un dinosaurio con placas.
A lo largo de su espalda tenía grandes placas de hueso,
y peligrosas púas en la cola.
Su cerebro era del tamaño de una nuez.

También vimos dinosaurios cornudos.
el MONOCLONIUS tenía un cuerno en la nariz.

El STIRACOSAURIO tenía también un cuerno en la nariz
y un collar de pinchos alrededor del cuello.

El TRICERÁTOPS tenía tres cuernos mortales:
uno en la nariz y uno encima de cada ojo.
Un gran hueso en forma de abanico protegía su cuello.
Mi padre dijo que el *tricerátops* podía defenderse
incluso del *tiranosaurio rex.*
Yo me pregunté qué sería ese *tiranosaurio rex.*

Y entonces lo vi.

El TIRANOSAURIO era el rey de los dinosaurios.

Y el más fiero de todos.

Cuando caminaba sobre sus enormes patas traseras,

la tierra temblaba y los demás dinosaurios echaban a correr.

Pero el *tiranosaurio* les daba alcance, los desgarraba

y se los comía con sus largos y afilados dientes.

Tuve que apartarme mucho del TIRANOSAURIO
para fotografiarlo.
A su lado, mi padre y mi hermanita resultaban diminutos.
Me alegró pensar que el *tiranosaurio* ya no existe.
Cuando los veas en el museo, sabrás por qué lo digo.